Auteurs :
Dominique Foufelle
Catherine Rambert
Sonia Staebler
Michèle Soldevila

Illustrateurs :
Didier Cabaret
Fabienne Gallois
Thierry Nouveau
Valérie Pettinari
Jean-Christophe Raufflet
Patrick Royer
Sophie Surber
Natacha Toutain

Directrice de l'édition : Béatrice Capelle
Éditrice responsable : Sophie Landais

Hachette Collections
43, quai de Grenelle
75905 Paris Cedex 15
ISBN collection : 978-2-84634-134-9
ISBN ouvrage : 978-2-84634-141-7
Loi n°49 956 du 16.7.1949 sur les publications destinées à la jeunesse
Achevé d'imprimer / date de réimpression : mars 2015
Imprimé par Pollina, France - L70565F
Dépôt légal : août 2006

Pour l'éditeur, le principe est d'utiliser des papiers composés de fibres naturelles, renouvelables, recyclables et fabriquées à partir de bois issus de forêts qui adoptent un système d'aménagement durable.

En outre, l'éditeur attend de ses fournisseurs de papier qu'ils s'inscrivent dans une démarche de certification environnementale reconnue.

f

comme Félix

Regarde, maman, fusée ça s'écrit avec un f comme Félix, s'exclame Félix.

Oui, mon chéri. Mais il y a aussi
fleur, farandole, ficelle, fée...

Félix ferme les yeux et s'endort.
Une jolie fée arrive avec sa baguette magique.

Veux-tu venir dans ma fusée, Félix ?
D'accord, dit Félix.

La fusée se pose dans un champ tout fleuri.
Que c'est beau ! s'écrie Félix.

Il y a des fleurs bleues,
des fleurs rouges, des fleurs jaunes...
Les fleurs dansent la farandole.

Viens faire la fête avec nous
Félix ! crient les fleurs.

Félix s'amuse avec les fleurs.
Ses pieds font flic-floc
dans les flaques d'eau.

Soudain, une fleur s'ouvre.
Dedans il y a Fifi, un gentil frelon
qui joue de la flûte.

Monte sur mon dos, Félix,
dit Fifi le frelon.

Fifi le frelon est un farceur…

Il envoie Félix dans le panier
de Fanny la petite fermière.

Félix se retrouve dans le panier
avec une fraise sur la tête.
Cela fait rire Fanny.

Dans le panier,
il y a plein de fruits.
Des fraises et des framboises.

Tu veux une fraise, Félix ? demande Fanny.

Oh oui, j'ai faim, dit Félix. Merci !

Moi aussi, j'aime les fraises,
dit Fifi le frelon.

Soudain, la fusée fait de la fumée.
C'est l'heure de rentrer Félix, dit la fée.

Au revoir, crient les fleurs, Fifi le frelon,
Fanny la fermière et la fée.

Emmène-moi avec toi, demande une fleur bleue.
D'accord, dit Félix.

A son réveil, Félix trouve
la fleur bleue dans son lit.

Oh, je vais faire un cadeau
à maman.

Tiens maman, j'ai ramené
une fleur du pays des rêves.

Merci Félix,
je suis fière de toi.

Les autres

Fromage

Fourchette

Feu

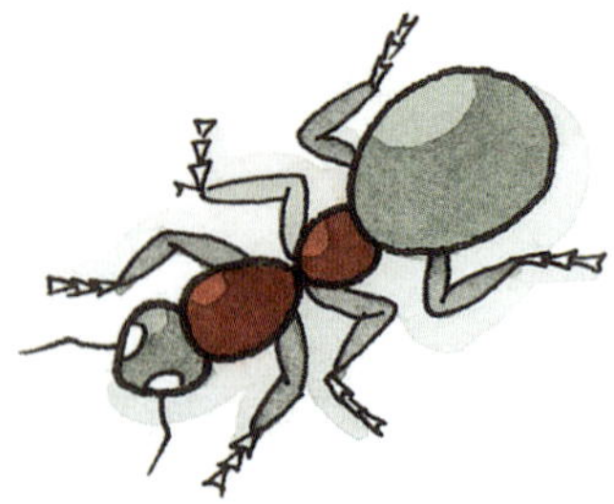

Fourmi

Fauteuil

Fil

mots de Félix

Flèche

Fenêtre

Feuille

Fantôme

Flamant rose